LE FLEAV
DES PASQVINS
DE CE TEMPS, CONTRE
LES BATTEVRS DE PAVE,
qui les communiquent
au chut-chut.

*Auec vn Chant Royal contre les
mauuais François.*

Le tout dedié au R o y par C. B r v n e l
de la Comté d'Auignon.

A LYON.

M.DCXX

Auec permißion.

LE FLEAV DES

PASQVINS DE CE TEMPS, CONTRE LES BATteurs de paué, qui les communiquent au chutchut.

Sur l'air, *Thyrsis pres d'vn ruisseau.*

 *VEL Ciel roule sur nous ? quel astre enuenimé*
Desastre nos saisons? quel comete alumé
Nous empeste les airs? quelle fureur agite
Nostre race maudite?

Vne Hydre au mal feconde, vn monstre Nessean,
Vn Orque rappellé du fonds de l'Ocean,
Vn Cerbere escumeux, vn noir Demon rauage
Les esprits de nostre aage.

Le serpent déguisé, qui fut cause iadis,
Qu'Adam fut pour iamais banni du Paradis,
Empoisonne auiourd'huy sous humaine apparence
Le peuple de la France.

A 2

Il glisse tortueux imperceptiblement,
S'insinüe madré dans les cœurs finement,
Leur inspirant l'horreur, l'audace & la malice,
  Pour enfanter le vice.

Mais sur tout le venin, qu'il vomit enuieux,
Fait les mesmes effects, qu'il feit dedans les cieux,
Lors qu'il voulut rauir au Monarque supreme
  Son royal diademe.

Il ramasse au chut-chut autour des piloris
Contre Princes, & Roys, & leurs plus fauoris
(S'efforçant d'affoiblir la Majesté royale)
  Sa troupe déloyale.

Qui morgue mutinée, & syndique les lois,
La police, l'estat, les Roynes, & les Rois,
Les Roys aisnés du ciel, armés pour nous deffendre,
  Comme pour nous reprendre.

Les Roys, dont le vouloir apres celuy de Dieu
Doit seruir de Iustice aux sujets en tout lieu,
Veu que le seul penser contre eux, nous rend coulpables
  De crimes execrables.

Dans les sacrés escrits, que Dieu nous a dicté,
Qu'on ne peut dementir qu'auec impieté,
Les Roys sont honnorés, apres maintes loüanges,
  Du sacré nom des Anges.

        C'est

C'eſt pourquoy l'Eternel d'vn fauorable ſoin
Particulierement les aſsiſte au beſoin,
Deffendant de toucher ſes Oincts, ny ſes Prophetes,
  Par ſes viues trompetes.

Cependant noſtre Ciel ſouffre que les peruers
Contre leurs Majeſtés oſent faire des vers!
Des vers eſcrits du ſang d'vne noïre Megere,
  Pour nous mettre en cholere.

Iamais l'aſtre du iour, qui voit tout de ſon œil,
Ne veit à ſon grand tour ſiecle au noſtre pareil,
Iamais le genre humain n'a veu durant ſa vie
  Vne pareille enuie.

Ces eſcrits impudens, ces infames paſquins,
Ces billets voletans par les mains des coquins,
Ces impies quatrains dignes, comme leurs peres,
  Des flammes exemplaires.

Tels qu'vn ſeditieux Que dit-on de la Cour,
Et ce Tout ennemy de la France, qui court,
Telle qu'on voit auſsi cette Proſopopec
  Prouoquant à l'eſpée.

Ces quatrains, ces billets, ces paſquins, ces eſcrits
Contre le Roy, l'Eſtat & les Princes eſcrits,
Sont-ce pas les effects, dont l'enuie enragée
  A la France outragée?

Esprits endiablés, dites-moy qu'aués-vous,
Que vous vueilliés ainsi vous faire haïr de tous?
Dites-moy qu'aués vous, qui vous face mesdire
    Des plus grans, que vostre ire?

Qui vous fait blasonner vostre unique Seigneur,
Auquel vous deués rendre un souuerain honneur?
Quels estes vous, sinon engeance de vipere
    Offençant vostre pere?

Quoy voulés-vous geiner la volonté du Roy?
Doit-il de vous, ou vous de luy prendre la loy?
Dauid, quoy que Saül fut son grand aduersaire,
    L'honnoroit comme pere.

Et vous voulés prescrire aux Princes leur leçon?
Vous voulés que le Roy, comme un ieune garçon,
Se manie à baguette, & que souuerain Maistre
    Il se doiue soumettre?

C'est à Dieu seulement, auquel il est soumis,
Qui le sceptre François seul en main luy a mis;
Les Princes à luy seul, comme par dependance,
    Doiuent obeïssance.

Il est vieil de conseil, quoy que ieune de temps:
On ne mesure pas les aages par les ans:
D'un aage consumé le plus notable indice
    Est l'esgale Iustice.

                            Telle

Telle qu'on reconnoit en ses faits signalés,
 Qui meritoirement peuuent estre esgalés
Aux actes de Solon, & du Prince de Sparte,
    Qui de son lieu s'escarte.

Il nous a rapporté des fruicts deuant les fleurs;
On s'estonne qu'ils soyent auant l'Esté si meurs,
Le voyant couronné de si riche couronne,
    Auparauant l'Automne.

Car à voir sa prudence & son sain iugement,
Et les rares vertus de son entendement,
On iuge qu'il ne tient rien de l'adolescence,
    Que sa force & vaillance.

Mais il est (dites-vous) trop facile à donner,
Il est trop accostable, il deuroit or donner,
Qu'autres que tels, ou tels n'approchassent sa veüe
    A tout autre inconnenë.

Impudens blasonneurs, il est vray que nos Rois
Ne sont que trop, pour vous, faciles, & courtois,
Vous ne deuriés iamais regarder leur visage,
    Qu'au trauers d'vn nuage.

Ainsi que paroissoit deuant le peuple Hebrieu
Ce grand Duc, qui receut la loy du doigt de Dieu,
Qui couuroit les rayons de sa face estoilée
    Sous vn crespe voilée.

Certes

Certes i'auoüe bien qu'il est trop liberal
A vous faire du bien & deffendre du mal:
Mais s'il vous connoissoit, vous auriés au contraire
 Le gibet pour salaire.

voy! voy! c'est bien à vous d'oser contreroler
Les affaires d'estat, ny mesme d'en parler?
A vous, que les corbeaux & loups à la voirie
 Auront pour boucherie.

Puis vous estes François? ouy? ie dis que non,
Ou vous estes François tant seulement de nom:
Si vous estiés François, oseriés-vous me dire
 Ainsi de nostre Sire?

Quel peuple tant sauuage, ou barbare a-on veü?
Quel genre d'animaux a-on mesme conneu,
Qui, s'il n'est enragé, ne reuere le maistre,
 Qui bien-heure son estre?

Maudits porte-pacquets, que vous soyés François?
Vous, qui n'aués plaisir qu'à mesdire des Roys?
Vostre mere plustost vous conceut d'vn Tartare
 Dans vn pays barbare.

Ou quelque l'estrigon passant en ces quartiers,
Pour troubler nostre ciel, vous laissa volontiers:
Ou l'Incube Demon ioint à quelque sorciere
 Vous a mis en lamiere.

Si vous estes François, monstrés-le par effet,
Bruslés-moy ces cayers, que vostre rage a fait;
Et si d'vn tel peché vous aués repentance,
　　　Faites-en penitence.

Les enfans de Noé, qui ronfloit endormi,
Se mocquerent de luy, d'vn courage ennemi,
Dont ils furent maudits & leur race future
　　　Fut serue à la mesme heure.

Noé pour auoir pris du vin trop largement
Dormoit, comme priué d'ame & de sentiment,
Et toutesfois ses fils pour vne telle offence
　　　Porterent sa vengeance.

Et vous sales mocqueurs des Heros & des Dieux,
Qui ne sont engouffrés, comme vous vicieux,
Dans la souppe & le vin, que pouués-vous attendre,
　　　Qu'vn licol pour vous pendre?

A quel Temple sacré pouués-vous recourir?
Quel exorable Sainct voudra vous secourir?
Si vostre Roy ne veut vous souffrir sur la terre,
　　　Tout vous fera la guerre.

Fuyés doncques le iour, & ne paroissés plus,
Desia l'ire de Dieu vous tient la main dessus,
Pour eternellement chastier vn tel crime
　　　Dans l'infernal abysme.

B

CHANT ROYAL
CONTRE LES MAV-
VAIS FRANCOIS.

E L L E ne braue plus la race ſerpentine,
Qui pour nous atterrer faiſoit tous ſes efforts,
Qui naiſſant menaçoit noſtre chef de ruine,
Elle n'a plus pour nous les membres aſſés forts:
Le toxique venin, qu'ils ont hereditaire,
Comme execrables fils d'vn execrable pere,
Boüillant dans leur poictrine effroyable d'horreur,
Qui nous glaçoit le ſein d'vne tremblante peur,
Leur a mis en arreſt contre eux-meſmes la lance,
Si qu'elle s'entre-tue, au chaud de ſa fureur,
Du ſerpent édenté la viperine engeance.

Minerue, qui donta la troupe gygantine,
Et la precipita dans l'abyſme des morts,
Fait que ces coniurés d'vne rage maſtine,
L'vn l'autre s'agaçant par contraires diſcors,

Se breschent l'estomac, qui fume de colere,
A grans coups de poignars de maint & maint vlcere:
Mars mesme leur ayeul en bataille vaincueur
Leur souffle le courroux dans l'ame & dans le cœur:
Nul ne peut refroidir leur chaude violence,
Tant s'entremassacrant enfante de terreur,
Du serpent édenté la viperine engeance.

La pierre, qu'a iecté d'vne sagesse fine
Le riere-fils de Bel, a rompu leurs accords:
Les soudars animés d'vne guerre intestine,
Ont couuert nos guerets d'vne moisson de corps:
De tous ces hommes nés des dents de la vipere,
Nul n'ose maintenant s'armer contre le fiere
D'Europe, qui long temps ayant cherché sa sœur
Bastira sa cité fameuse or' en lieu seur:
Les hauts murs Dirceans croistront en asseurance,
Sans redouter encor, pour vn second malheur,
Du serpent édenté la viperine engeance.

Ie voy ce grand Heros que Minerue achemine
Au Temple de Vertu, serré de sept ressors:
Il y entre luy seul, aucun ne l'auoisine,
Pallas fait demeurer tous les autres dehors:
Le lierre, le laurier, & la palme guerriere
Luy seruent d'escussons, de chapeau, de banniere,
En signe de victoire acquise par labeur,
Et d'vn cœur magnanime animé de valeur:

Son port majestueux tesmoigne sa vaillance,
Dontant couuert de poudre, & trempé de sueur,
Du serpent édenté la viperine engeance.

Les triomphales voix de colline en colline
Par la fille de l'air portees iusqu'aux bords
Des flots Thessaliens, recréent la marine,
On fait des feux de ioye aux haures & aux ports:
Toute la Bœotie accourant homagere
A Cadmus tout honneur, comme à son Roy, defere:
Il ne se treuue plus, voire vn seul blasonneur,
Qui face des pasquins, ialoux de son honneur:
Car voyans tant de morts, pour leur outrecuidance,
Chasqu'vn a peur de suiure (offensant tel Seigneur)
Du serpent édenté la viperine engeance.

ALLEGO

ALLEGORIE EXPLIQVEE,

Admus est nostre Roy genereux deffenseur:
Pallas est son Conseil sage, prudent & meur:
La pierre son pouuoir, qui foule l'arrogance:
Ceux, qui troublent la paix, d'vne impie rumeur,
Du serpent édenté la viperine engeance.

SONNET.

Qvoy doncques? voulos-nous d'vn estoc sanguinaire,
Ennemis de nature aux seuls meurtres accorts,
Comme nés par despit des astres, & des sorts,
Perfides guerroyer vn Roy si debonnaire?

Que faites-vous, soldats plus dignes de galere,
Que de suiure vne armée, ou deffendre des forts?
Pour qui vous armés-vous? n'a-vous point de remors
De tourner contre luy vostre pointe aduersaire?

Il est seul le soustien de tout nostre bonheur,
Nous viuons tous en paix à l'ombre de sa fleur:
Sus doncques monstrés-vous vrais enfans de la France,

Prosternés-vous deuant sa royale grandeur,
Abhorrans d'imiter, à vostre des-honneur,
Du serpent édenté la viperine engeance.

A LYON,

De l'Imprimerie de IONAS GAVTHERIN.